Perca amigos, pergunte-me como

PARA
ALLAN SIEBER.
SÓ ELE SABE
O QUE EU PASSO.

Copyright © Allan Sieber

Todos os direitos desta edição reservados
à MV Serviços e Editora Ltda.

Sieber, Allan

    Perca amigos: pergunte-me como / Allan Sieber; prefácio: Xico Sá. – Rio de Janeiro: Mórula Editorial, 2013.

    142 p.: il.; 17 cm

    ISBN: 978-85-65679-17-6

    1. Caricatura. 2. Caricaturas e desenhos humorísticos. 3. Humorismo – Obras ilustradas. 4. Cartunistas. 5. Comportamento sexual. I. Sá, Xico. II. Título.

                                      CDD: 741.59

R. Teotônio Regadas 26, 904 – Lapa – Rio de Janeiro
www.morula.com.br | contato@morula.com.br

O homem é o estilo;
o javali, sei lá!

O ESTILO DE SIEBER como cartunista é não ter um estilo. Ele bota o Mickey Mouse roendo a bainha da saia da Mona Lisa. Já o estilo deste que vos aporrinha, plagiador até de receita de bolo de maconha do primo Joaozim Paranoia, é copiar outras orelhas e prefácios. Afinal de contas, para aprender a escrever, um jegue de nascença deve copiar todo dia mil vezes a mesma frase de Fausto Wolff. No papel almaço. Sem essa de moleskine, maneskine, o caderninho do escriba mané, tapado e com pinta de Hemingway de Punta del Chifre, a verdadeira baía dos porcos do RecifOlinda.

Noooossa! Tás brincando?! Diria o Costinha, com sua imoral bocarra à Bocage, diante deste livro de um macho gaúcho que se sabe homem no meio de javalis. Só um gênio é capaz de fazer cartuns que interagem com a viadagem generalizada como se traduzisse para os nossos infelizes e deprimidos contemporâneos a língua imoral e incorreta do Costinha. Essa obra dialoga e deriva da hermenêutica [do grego *hermeneutiké*, posv. por infl. do fr. *herméneutique*] do Costinha e o seu modo benjaminiano – vide a escolinha de Frankfurt – de decifrar a alegre, necessária e sustentável bichinha louva-a-deus, que ataca nos banheiros mais cheirosos e cheirados da cidade grande.

Sieber senta a pua como nossos mais tarados e obsessivos pracinhas da FEB, a Força Expedicionária Brasileira. A cobra fuma, nobilíssimo leitor, o fumo de rolo de Arapiraca *rules*. Isto não é um livro. Isto é uma capivara precoce, leia-se ficha corrida. Isto é uma antologia de queixas-crime, ofensas, calúnias e difamações. Só os amáveis ceguinhos não irão processá-lo. Não está sendo fácil. Pelo menos até esta infâmia ser traduzida em braile. Os anões seguramente irão alcançar esse volume, mesmo que a obra vire livro de adorno de mesinha de centro.

Mesmo quem gosta só de melão, que não é o caso nem desse cronista brocha e plagiador fuleiro, se sentirá, ui!, ofendida. Carioca que gosta mais de uma tigela de açaí do que de mulher, aí, aí, aí, se fudeu. Carecem aprender o esquema 'oba-la-lá' do João Gilberto, *puerra*? Que é que custa?

Só os vegetarianos foram poupados de algo mais sanguinolento – o que aconteceu na moita, o Sieber deixa na moita, claro, clorofila, clorofilósofo e todas as aliterações caetânicas. Onde queres conchinha, sou brocador, Mengo, porra!

Hoje vou homenagear um gênio em vida, pois do jeito que a mediocridade anda orgulhosa e lampeira pelo mundo... *Puerra*, Peréio, o cara fez parceria de cartum com o Aldir Blanc, repare na bagaça lá dentro do livro. Tem cu no meio, advirto o incauto passageiro, tem cu no meio da até então insuspeita parceria.

E onde tem *cool*, *indie*, a pele de Ziraldo e outros consensos, estou dentro. Meio fora e meio atolado. Ui!

Vou-me embora, vou-me embora, Prenda minha... Si, compay, tem gaúcho querendo virar piada neste Gênesis de macho.

Volver a los 17... Na margem do rio *piedra* sentei e *llorei*.

Karaokê também é livro:

Se alguém quer matar-me de amor, que me mate no Estácio... Demorô! O resto da sacanagem está no miolo dessa encadernação vistosa – ui!, bichinha louva-a-deus –, se liga, poeta.

Eike Batista aparece também na história, ei-lo, amável Luma, como o novo Lázaro sem o levanta-te da bacia das almas públicas. Pindura. O estilo é o homem, disse um dia um certo pangaré paraguayo iluminista. Cavalo não sobe escada, eu vou em frente, *sorry* passaralho.

XICO SÁ, bar Papillon, Copacabana.
Rio, inverno de 2013.

EM BANHO-MARIA

A HORA E A VEZ DO STAND UP COMEDY PADDLE

STAND UP COMEDY GAUDÉRIO

... KUDURO É VÁLIDO, SERTANEJO UNIVERSITÁRIO É VÁLIDO, HEAVY METAL CRISTÃO É VÁLIDO, MICARETA É VÁLIDO, INJEÇÃO NA TESTA É VÁLIDO...
UAU! UM MONUMENTO **QUE FALA!**
DE VEZ EM QUANDO ELE CANTA TAMBÉM.

O HOMEM QUE REALMENTE NÃO TINHA JEITO COM AS PALAVRAS

DIÁLOGOS ENRIQUECEDORES #1

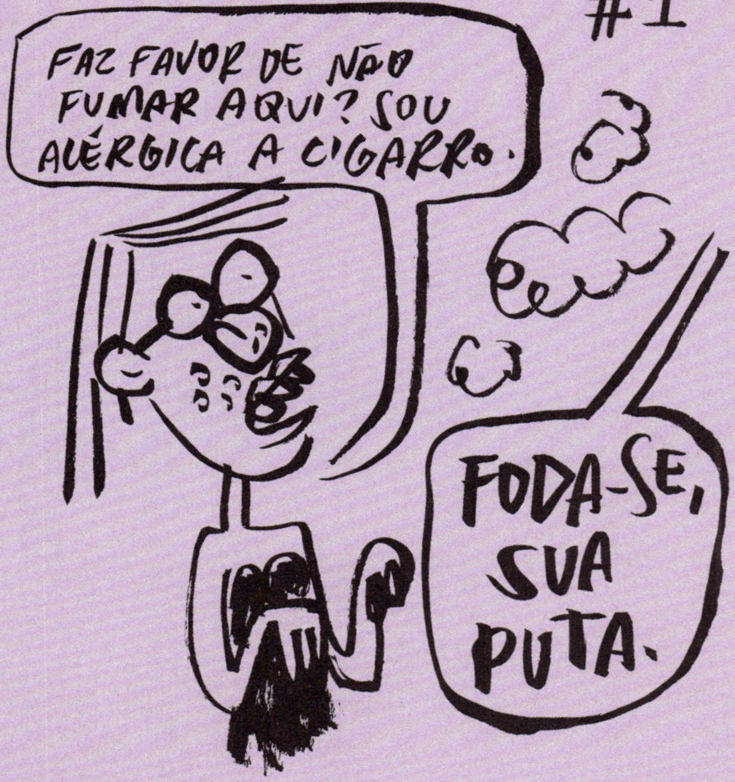

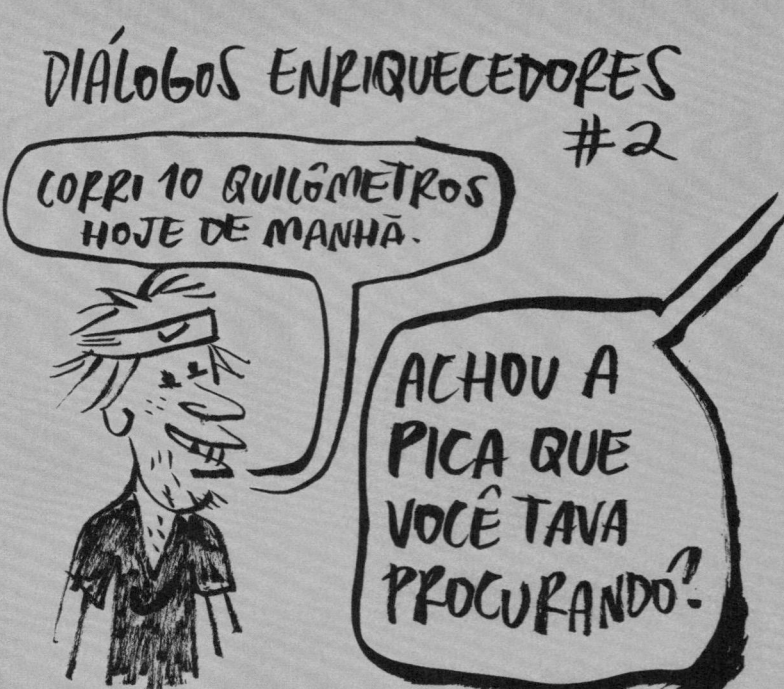

DIÁLOGOS ENRIQUECEDORES #3

— O cheiro do café fresco lembra minha vózinha.

— Faz um café e leva pra ela na cova.

DIÁLOGOS ENRIQUECEDORES #4
SABE QUEM PERGUNTOU POR VOCÊ?
SEI.

O Brasil: Ninguém segura esse atraso!

PAÍS DE CONTRASTES
UM PASTEL E UM REFRESCO.
6 MILHÕES DE PASTÉIS E 6 MILHÕES DE REFRESCOS. E UMA NOTA DE 12 MILHÕES DE PASTÉIS E 12 MILHÕES DE REFRESCOS.
POR FAVOR.

POLITIZAÇÃO 2.0

banda larga: direitu du çidadaum i dever du estadu :)

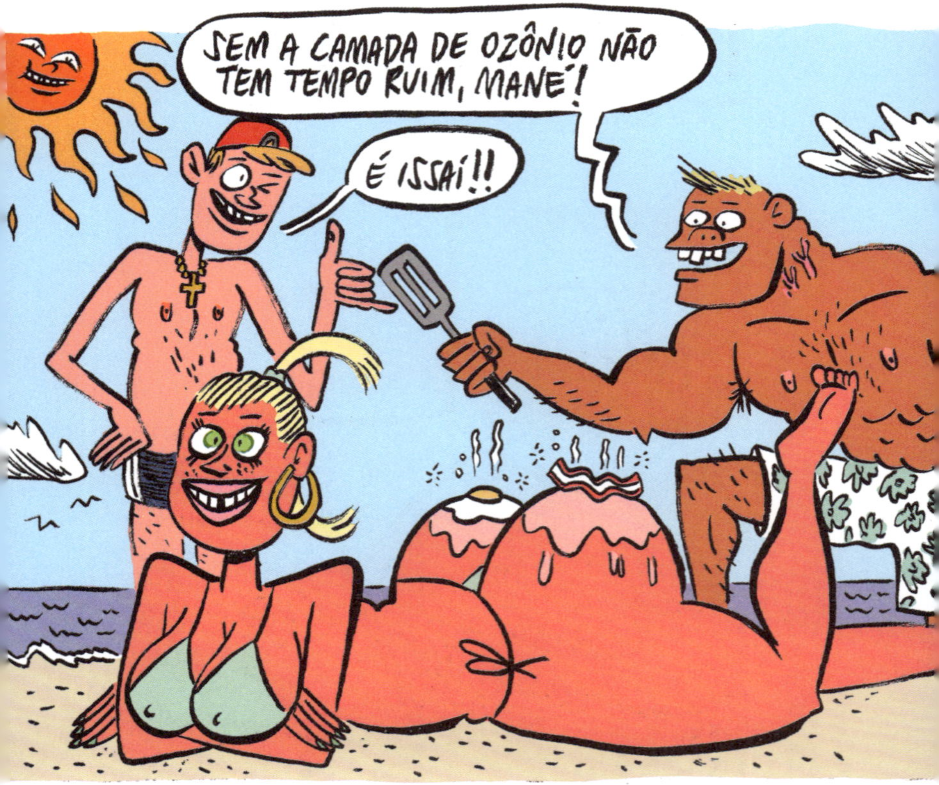
SEM A CAMADA DE OZÔNIO NÃO TEM TEMPO RUIM, MANÉ!
É ISSAÍ!!

A SUPERPOPULAÇÃO, OS CONGESTIONAMENTOS, OS BOÇAIS DA DIREITA, OS IDIOTAS DA ESQUERDA, O CINEMA NACIONAL, O AQUECIMENTO GLOBAL, AS NOVELAS, AS TORCIDAS ORGANIZADAS, OS CELULARES NOVOS, O CARNAVAL E TODAS CANTORAS DE AXÉ DO MUNDO: UM DIA ISSO TUDO SERÁ SEU, FILHÃO.
PUXA, NÃO PRECISAVA TANTO, PAPI.

EIKE DÁ A VOLTA POR BAIXO

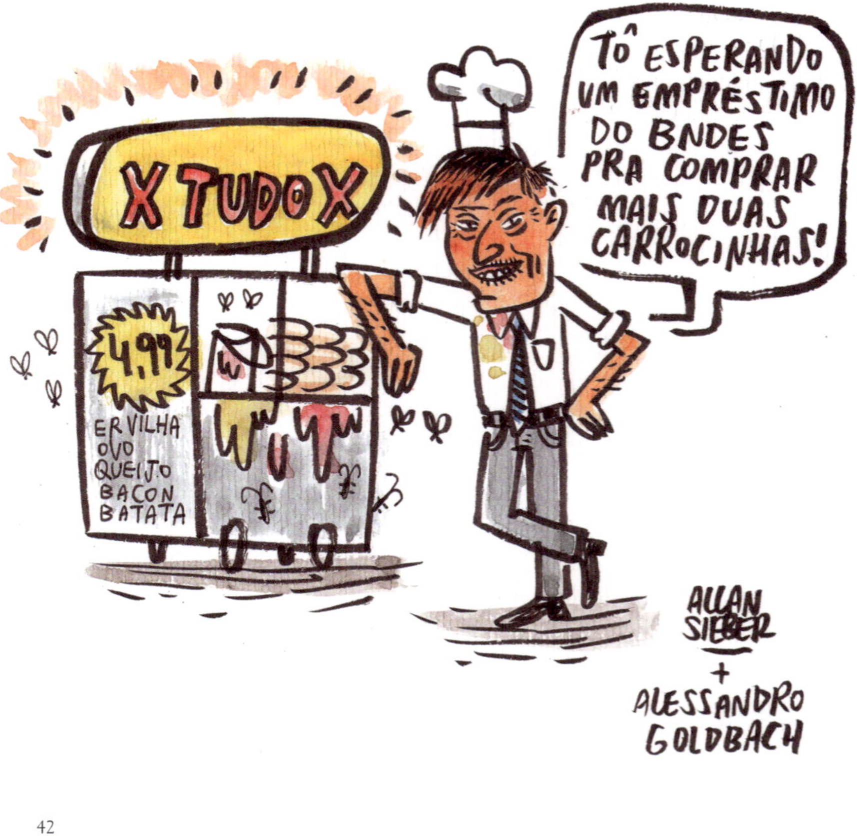

BANK OF MUTRETA
MAS ESSE, DINHEIRO É... LIMPO?
OU É DINHEIRO OU É LIMPO. OS DOIS FICA DIFÍCIL.
$
BM
BM

É ISSO: VOU-ME EMBORA PRA PASÁRGADA!!
BOA, CHEFE! LÁ AS LEIS TRABALHISTAS SÃO RIDÍCULAS!
LUCRO$
PÁ!

GRANDES MOMENTOS DO CAPITALISMO
O PROBLEMA É QUE O PESSOAL ESTÁ COMPRANDO DEMAIS.
MAS NÃO ERA ESSA A IDÉIA ORIGINAL?

MINHA MULHER NÃO GOSTA DE CHUPAR PAU.
CONHEÇO UM CARA QUE NASCEU SEM AS PERNAS E CAGA PELO MAMILO.
TAÍ UM SORTUDO!

TÔ TODA MOLHADINHA, ALFREDO...
GUARDA ESSA BUCETA NA GELADEIRA QUE EU COMO QUANDO EU VOLTAR.
ALLAN SIEBER + CLÁUDIA JOUVIN

Rodolfo Só Pensanisso
UM HOMEM A SERVIÇO DE SEUS HORMÔNIOS

— TÁ NA HORA DA VIRADA!
— O REVEILLON JÁ PASSOU, RODOLFO! VOCÊ E SUA OBSESSÃO POR CALENDÁRIOS...

Rodolfo Só Pensanisso
UM HOMEM A SERVIÇO DE SEUS HORMÔNIOS

— AÍ, GATINHA! TENHO UM SACO DE PRESENTE PRA VOCÊ!

— VALEU.

Rodolfo Só Pensanisso
um homem a serviço de seus hormônios

Rodolfo Só Pensanisso
UM HOMEM A SERVIÇO DE SEUS HORMÔNIOS

ADOREI SEUS PEITOS NOVOS!

EI! SÃO NATURAIS!

EXATAMENTE! PEITOS NOVOS!

Rodolfo Só Pensanisso
um homem a serviço de seus hormônios

— QUER PROCURAR OS OVOS?

— RODOLFO... TODA PÁSCOA É ESSA PIADA CRETINA?

Rodolfo Só Pensanisso

UM HOMEM A SERVIÇO DE SEUS HORMÔNIOS

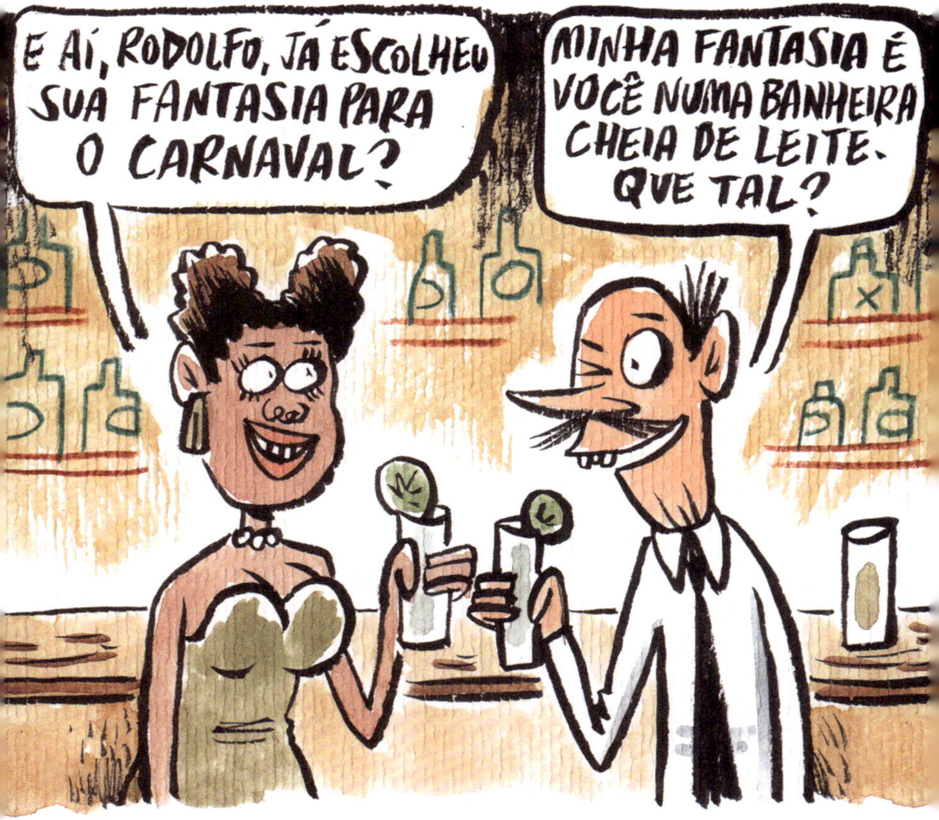

Rodolfo Só Pensanisso

UM HOMEM A SERVIÇO DE SEUS HORMÔNIOS

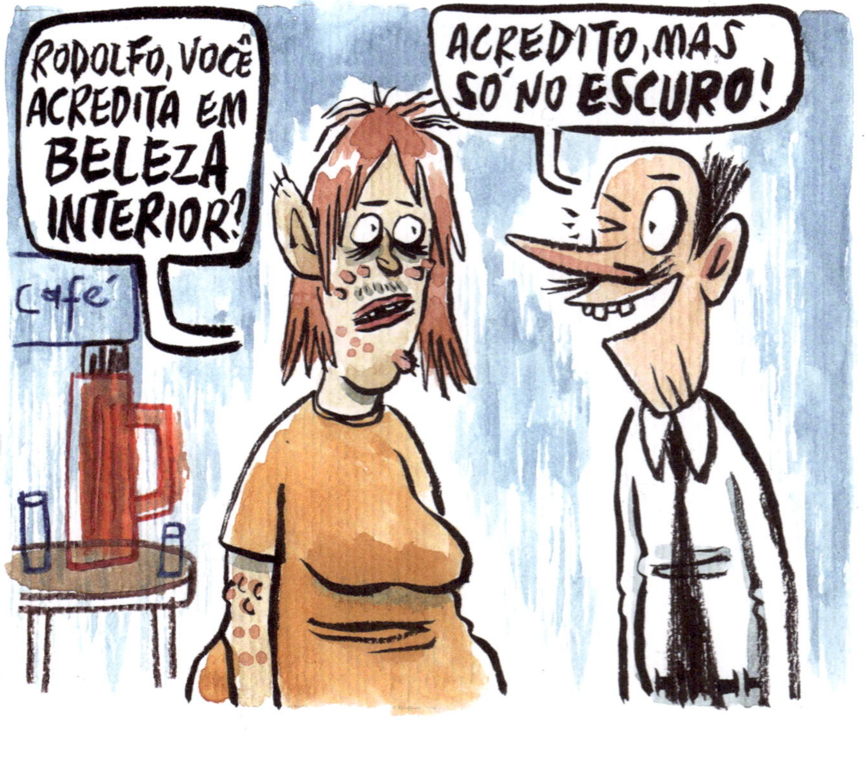

Rodolfo Só Pensanisso
UM HOMEM A SERVIÇO DE SEUS HORMÔNIOS

— O CARVALHO É IMPORTANTE SIM, RODOLFO...
— O CARVALHO!

Rodolfo Só Pensanisso
UM HOMEM A SERVIÇO DE SEUS HORMÔNIOS

Rodolfo: MINHAS QUALIFICAÇÕES? BEM, SEMPRE ESPERO A MINHA PARCEIRA GOZAR... CAPRICHO NAS PRELIMINARES... EVITO COMER ALHO OU CEBOLA NA VÉSPERA DO ENCONTRO...

Entrevistadora: AS SUAS QUALIFICAÇÕES **PROFISSIONAIS**, SENHOR RODOLFO.

Rodolfo Só Pensanisso
UM HOMEM A SERVIÇO DE SEUS HORMÔNIOS

TATIANA, MUITO PRAZER.

CALMA AÍ... "MUITO PRAZER"? VAMOS MANTER AS EXPECTATIVAS BAIXAS POR ENQUANTO, NENÉM!

O Pequeno Circo dos HORRORES COTIDIANOS

apresenta:

O SOFRIDO HOMEM QUE FICAVA QUARENTA MINUTOS GOZANDO

GAAH!!

EU SÓ QUERIA FUMAR UM CIGARRINHO...

A MEDÍOCRE VIDA DO HOMEM INVISÍVEL EXIBICIONISTA

TÁ-DÁ!

– NÃO PENSADORES –

"O BOM DE SER SOLTEIRO É PEDIR UM PRATO PRA DOIS E COMER TUDO SOZINHO."

SANDRO SÓ LOVE
EX-ATOR E DJ DE FESTA DE AMIGO

- NÃO PENSADORES -

"ESSES DIAS TIVE UMA IDÉIA. MAS TOMEI UMA ASPIRINA E PASSOU."

AÇAÍ COM TERRA

PAULINHO MAROLA
SURFISTA E ESTUDANTE

MÃE PAULÃO
DE OXOSSI

TRAZ A PESSOA AMADA EM TRÊS DIAS

TRAGO MERMO.

ATENDIMENTO ZONA NORTE E ZONA SUL

AÍ, VOCÊ NÃO ME CONHECE, MAS EU CONHEÇO VOCÊ, TÁ LIGADO?
TIÃO FERIDA
DEPUTADO FEDERAL - 17171
PSPC PARTIDO SINISTRO PRA CARALHO

las fabulosas aventuras de la
SUPER CLASSE MÉDIA©
ESSA É A LURDINHA, NOSSA NOVA EMPREGADA. PAGO R$ 75 ADICIONAIS POR MÊS PARA ELA ME CHAMAR DE SINHÔZINHO COM AQUELE SOTAQUE DA NEGONA DE "E O VENTO LEVOU".
SERVIDO, SINHOZINHO?
UAU! E ELA COMBINA COM A NOVA MOBÍLIA! GÊNIO!
BARILOCHE

AS AVENTURAS DA
SUPER CLASSE MÉDIA
Hello!
PUTA QUE PARIU! MAS ATÉ AQUI TEM PRETO ENCHENDO O SACO!
CHANEL
BULLS 10

As aventuras da
SUPER CLASSE MÉDIA
TIO, ME DÁ UM DINHEIRO PARA EU COMPRAR UM PÃO?
JÁ TÁ QUASE NA HORA DO ALMOÇO, SE VOCÊ COMER PÃO AGORA VAI PERDER A FOME.

Las Aventuras de la SUPER CLASSE MÉDIA

— ONTEM MEU FILHO FOI PRESO POR TER ESPANCADO TRÊS PROSTITUTAS. VOCÊ ACREDITA NISSO?!

— ACREDITO SIM. ESSAS PUTAS TIRAM QUALQUER UM DO SÉRIO!

As aventuras da
SUPER CLASSE MÉDIA
TIO, ME DÁ UM ABRAÇO!
VOCÊS JÁ FORAM MAIS BARATOS.

AS AVENTURAS DA SUPER CLASSE MÉDIA
COMPRA UMA BALINHA, MOÇO... SE EU VOLTAR PRA CASA SEM DINHEIRO MEU PAI VAI ME BATER DE NOVO!
NÃO QUERO FINANCIAR A VIOLÊNCIA DO SEU PAI, MEU GAROTO.

ESTÁCIO BLOODY ESTÁCIO

ALLAN* SIEBER
*SOBRE FUNDO DE FABIO ZIMBRES

ASSIM, VOSSA EXCELÊNCIA VAI ACABAR ME FODENDO.
ME PARECE QUE VOSSA EXCELÊNCIA ESTÁ COM O CU NA MÃO.

SÉRIE ENIGMAS DA NATUREZA
O BIZARRO CASO DO POLITICO SINCERO
MEU POVO, A VERDADE É QUE VOCÊS TRABALHARÃO COMO JAPONESES PARA RECEBER COMO CHINESES.
ALLAN SIEBER
+ MONSIEUR PONCET

É VERDADE: EVENTUALMENTE O FREGUÊS TEM RAZÃO MESMO

TUM-TCHI-TUM!
TUM-TCHI-TUM!

— ESSA LOJA É UMA MERDA, ESSA MÚSICA É UMA BOSTA, VOCÊ É UM JECA E É TUDO MUITO CARO.

— TÁ, MAS NÃO ESPALHA.

O PLANETA DOS CACHORROS

"SEGUINTE: VOCÊ VAI LIMPAR A MINHA MERDA OU VAI TOMAR UMA MULTA GIGANTE. AH, E EU VOU CAGAR VÁRIAS VEZES POR DIA. BELEZA?"

NÃO ALIMENTE O GAVIÃO
NÃO TOQUE NO LEÃO
NÃO CHUPE O PAU DO MACACO

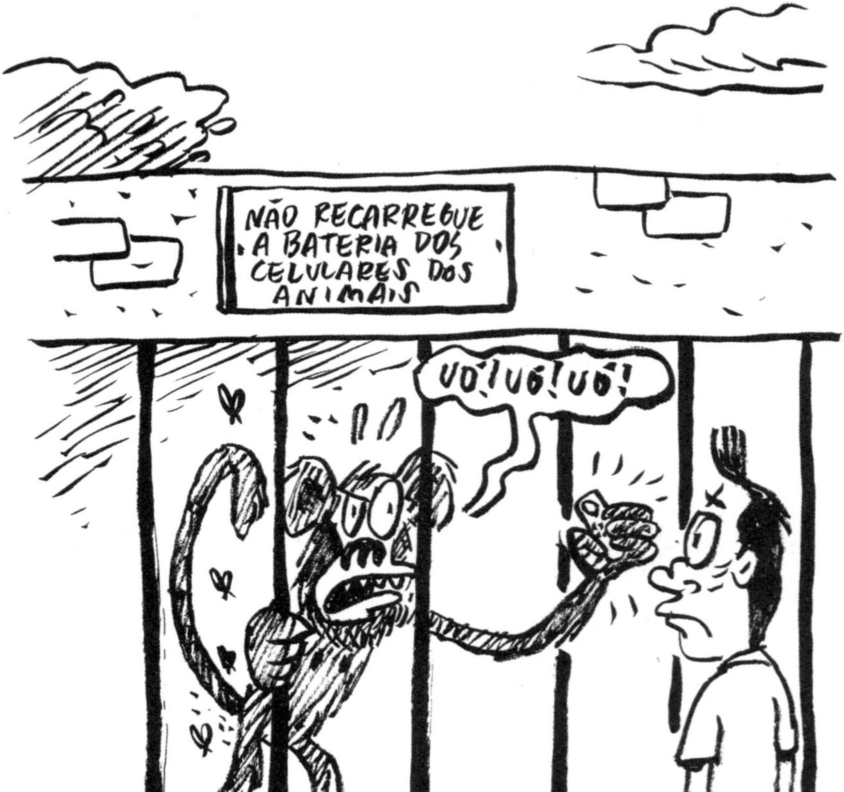
NÃO RECARREGUE A BATERIA DOS CELULARES DOS ANIMAIS
UG! UG! UG!

MONUMENTO AO CORAJOSO DA INTERNET

A.C.B.
ASSOCIAÇÃO DOS COMENTARISTAS DE BLOGS
NOS CHAMAM DE INÚTEIS MAS NÃO VEEM O SERVIÇO QUE PRESTAMOS `A SOCIEDADE.
SIM. EM VEZ DE PENTELHARMOS VIRTUALMENTE PODERÍAMOS PENTELHAR AO VIVO.

O FABULOSO DIA EM QUE O *TWITTER* SALVOU A VIDA DE CLODOALDO ALBUQUERQUE*

RESPUENDA EM **140 CARACTERES** O MENOZ PORQUE NO DEVO ESTORAR TUS MIOLOS, CABRÓN!

SE EU MORRER, MEUS 170.000 SEGUIDORES NO TWITTER VÃO CONVIDAR VOCÊ PARA UM CHOPP.

MADRE DE DIOS!! TENGA PIEDADE!!

* @CLODOALDOSUPERHYPE

PILATOS FEZ ESSA? ESSE CARA É MALUCO MESMO, RA! RA! RA!
...É, MÔR. NA SANTA CEIA, AINDA. MAS JÁ TÁ ACABANDO.
NOSSA! HOJE, A NIGHT TÁ BOMBANDO EM ROMA!
ESSE PÃO VAI PRO INSTAGRAM AGORA!
CLICK!

CONVENÇÃO INTERPLANETÁRIA

O CURTA QUE NÃO ACABA NUNCA

NOSSA, JÁ É A QUINTA VEZ QUE EU BATO PALMAS!

ZzZ

FESTA ESTRANHA COM GENTE ESQUISITA

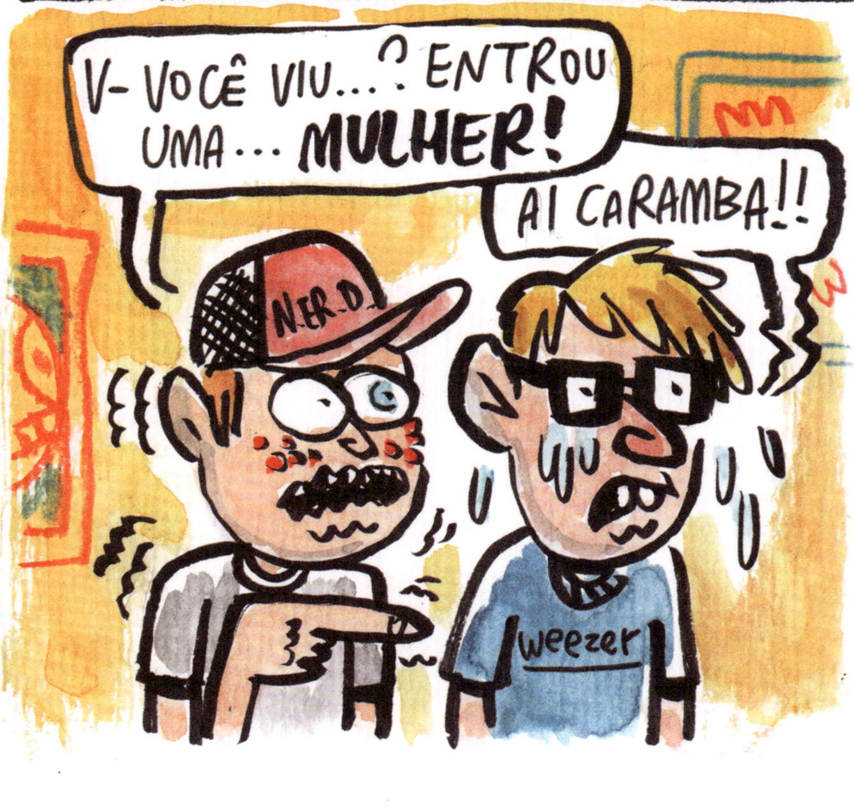

SACA SÓ MEUS ÓCULOS 9D!
Nerd Cola!
BYTE
ÓCULOS 3D
X
ÓCULOS 3D
ÓCULOS 9D!
FACEFUCK
NOSSA!!

O APLICATIVO QUE FALTAVA PARA FECHAR A DÉCADA

CHEGOU O **IPHODA**! COM ELE VOCÊ NÃO COME NINGUÉM E **TODO MUNDO** VAI FICAR SABENDO!

D+!!

AMAMOS MUITO

TUDO ISSO!

EUFORIA NO MUNDO VEGETARIANO:
O PRIMEIRO CARALHO DE SOJA!
GÊÊÊNIO!!

MOISÉS E AS BOAS NOVAS
TÁ LIBERADO, MOÇADA! NÃO TEM NADA ESCRITO CONTRA CHUPAR PAU!
10
ALLAN SIEBER + MARCELO MADUREIRA

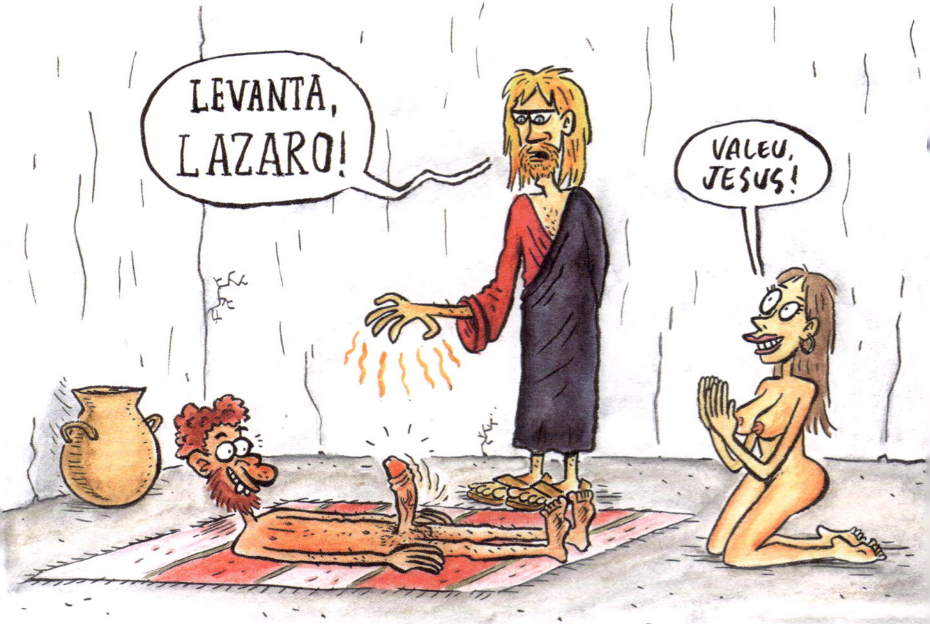
LEVANTA, LAZARO!
VALEU, JESUS!

LANÇAMENTO!
1000 FORMAS DE BATER UMA PUNHETA
UAU! FINALMENTE UM LIVRO DE AUTO AJUDA QUE VALE A PENA!

OS ROBÔS SÃO TODOS IGUAIS

EU NÃO SOU UMA MÁQUINA DE FAZER SEXO, XPR-300!!

MAS EU SOU. TCHAU!

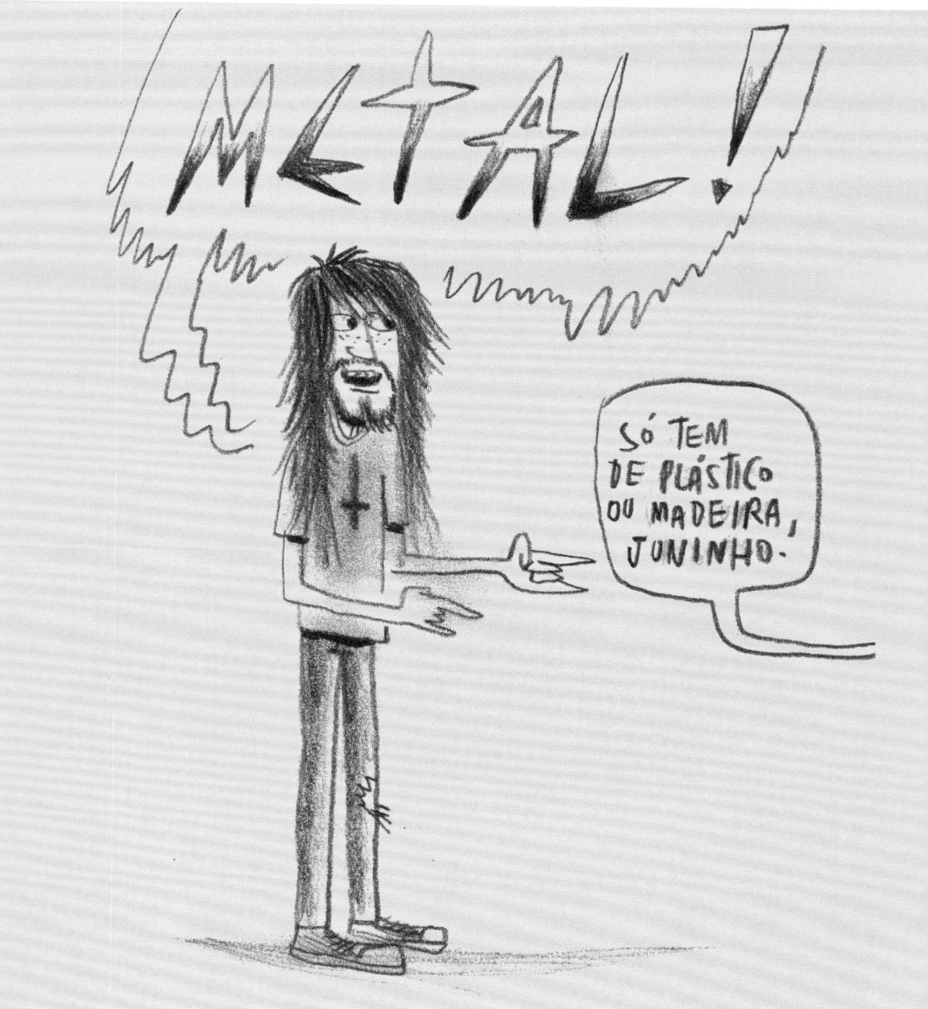
METAL!
SÓ TEM DE PLÁSTICO OU MADEIRA, JUNINHO.

NOSSA! O SHOW ONTEM FOI IRADO! ENQUANTO O VOCALISTA BATIA UMA, O BAIXISTA CHUPAVA O BATERISTA!
NINGUÉM DEU A BUNDA? CADÊ A ATITUDE, MANO?

ASTOLFO, ENTÃO É ESSE O SEU TRABALHO??
RELAXA, QUERIDA. É SÓ UMA ENRABADA TÉCNICA!
SILÊNCIO NO SET!
ALLAN SIEBER + MARCELO MADUREIRA

COLETIVA

QUERIDA, ENRABEI AS CRIANÇAS!
O FILME DIALOGA COM HOLLYWOOD MAS SEM ESQUECER TODA A TRADIÇÃO DO CINEMA BRASILEIRO.
NÓS TEMOS KNOW HOW E PROFISSIONAIS DO MAIS ALTO NÍVEL.
DIRETOR
PRODUTOR

DIA MUNDIAL DO ORGASMO

— HOJE QUERO GOZAR JUNTO COM VOCÊ!

— MELHOR VOCÊ SAIR NA FRENTE ENTÃO.

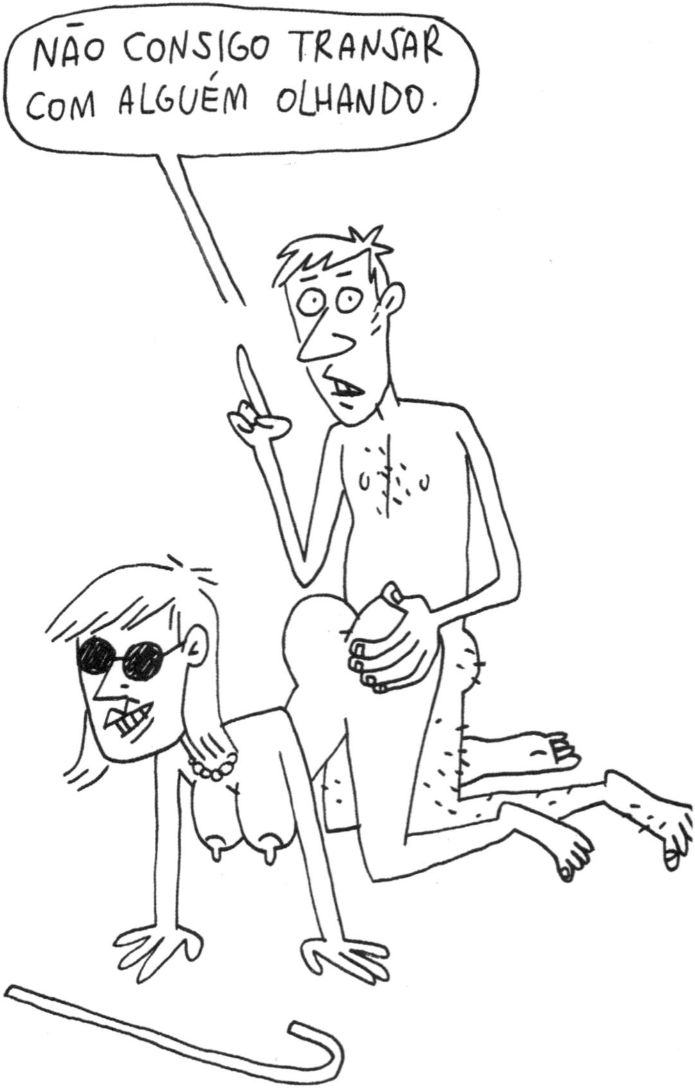
NÃO CONSIGO TRANSAR COM ALGUÉM OLHANDO.

ENFIA ESSA GARRAFA DE COCA-COLA NO MEU RABO!
PODE SER PEPSI?
Coca

AGORA NÃO, MARLENE, TÁ NA HORA DO BIG BROTHER E A EDIÇÃO DESSE ANO PROMETE SER PICANTE!

VAMU ENRABA'!!
ÔPA! CUZINHO NOVO NA ÁREA!
AÍ RAPAZIADA: VAMU CIRCULÁ QUE EU VÔ BATÊ UM PAPINHO COM O AMIGO AQUI!
XERIFE DA CELA
SEGUINTE: AQUI NA CADEIA UM DIA TU É HOMEM OUTRO DIA TU É MULHER... COMO EU FUI COM A TUA CARA, HOJE TU VAI SÊ HOMEM!
UFA!! PELO MENOS HOJE...
MENGO
PRA COMEÇAR VAI DANDO UM TRATO AQUI NO CLITÓRIS DA MAMÃE!
PUF!
MENGO

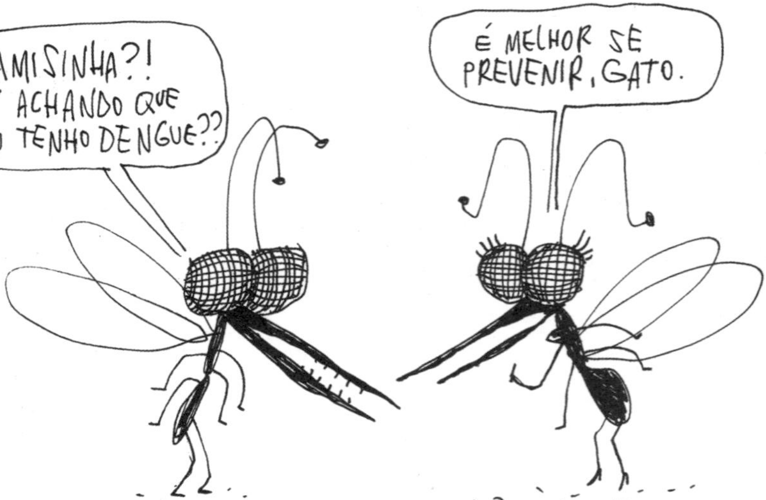

CAMISINHA?!
TÁ ACHANDO QUE
EU TENHO DENGUE??
É MELHOR SE
PREVENIR, GATO.

E AÍ, TÁ A FIM DUMA ORDENHA, GRAGINHA?
UAU! VOCÊ TEM JEITO COM AS VACAS MESMO!

A VIDA SECRETA DOS ANIMAIS

O SHOW DE STAND UP DA HIENA ESTÁ SEMPRE LOTADO

"...SABEM QUANDO O BEBÊ GNU É ATACADO PELOS LEÕES? EU SEMPRE PENSO: 'PUXA, PAPAI GNU, O SENHOR PODIA SER MAIS PRESENTE'!"

RA! RA!

RA! RA!

A VIDA SECRETA DOS ANIMAIS

A SENHORA PREGUIÇA ESCREVE ROTEIROS PARA O CINEMA NACIONAL:

— UAU! UM FILME ESPÍRITA POLICIAL! GÊNIA!!

— ESPERE... ATÉ... VER... MEU... PRÓXIMO... ROTEIRO... "FAVELA ZUMBI"!

A VIDA SECRETA DOS ANIMAIS

O PROFESSOR CAVALO É UM PREPARADOR DE ATORES MUITO REQUISITADO HOJE EM DIA:

CHORA COM CONVICÇÃO!

POF!

A VIDA SECRETA DOS ANIMAIS

O SENHOR AVESTRUZ É CRÍTICO DE TV

...RODOLFO... EU... EU SOU SUA IRMÃ!

BRAVO!

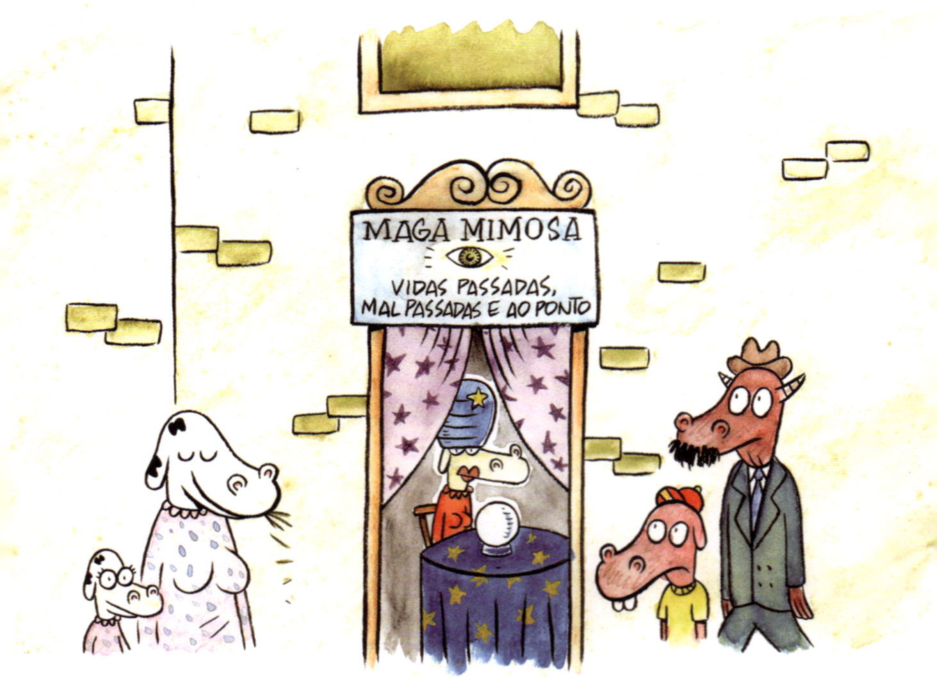
MAGA MIMOSA
VIDAS PASSADAS,
MAL PASSADAS E AO PONTO

DEPOIS DA SANTA CEIA...
AÍ JÉSA, ESSAS DUAS SÃO PRA TU, MANDA BRASA!
CLASSE!
VAI LÁ BRÓDER!!
FUNK
EM VERDADE VOS DIGO: ALGUEM DENTRE VÓS ME TRAIRÁ AINDA HOJE!
PORRA, JESUS!! SE EU SOUBESSE QUE ÍA PINTAR A PARANÓIA EU SÓ TINHA ESTICADO UMA!

MACONHEIROS DO MUNDO: UNI-VOS!
MACONHEIROS DO MUNDO: UNI-VOS!!
VUP!
É ISSO AÍ! A LUTA CONTINUA!
MACONHEIRO UNIDO JAMAIS SERÁ VENCIDO!
A UNIÃO FAZ A FORÇA!

Ele veio de outro mundo... Trazendo a paz, a tranquilidade e uma atitude relaxada...
ESTARÁ A HUMANIDADE PREPARADA PARA ELE?
MAKONHON
O GIGANTE MACONHEIRO DO ESPAÇO!
IS THIS LOVE...
A PRODUTIVIDADE VAI CAIR!
MEU DEUS! TODO MUNDO VAI FICAR FELIZ!
É O CAOS!!
OS LUCROS!
A PONTUALIDADE!!

O Ministerio da Saúde adverte:
UM BASEADO NÃO VAI MATAR NINGUÉM
SUJÔ!!
POW!
POW!
O PROBLEMA É PEGAR A PARADA!

LEMBRA O CARNAVAL EM QUE A GENTE SE CONHECEU?
LÓGICO! VOCÊ ESTAVA FANTASIADO DE HOMEM!
ME CHUTA QUE EU GOSTO!

OLHA, HÁ DUAS MANEIRAS DE VER A COISA: VOCÊ TÁ COM MEIO CACETE ENFIADO DENTRO DO SEU CU OU COM MEIO CACETE FORA DO SEU CU. SEJA OTIMISTA!
DOUTOR, E SE EU FOR VIADO?
ALLAN SIEBER + ALDIR BLANC

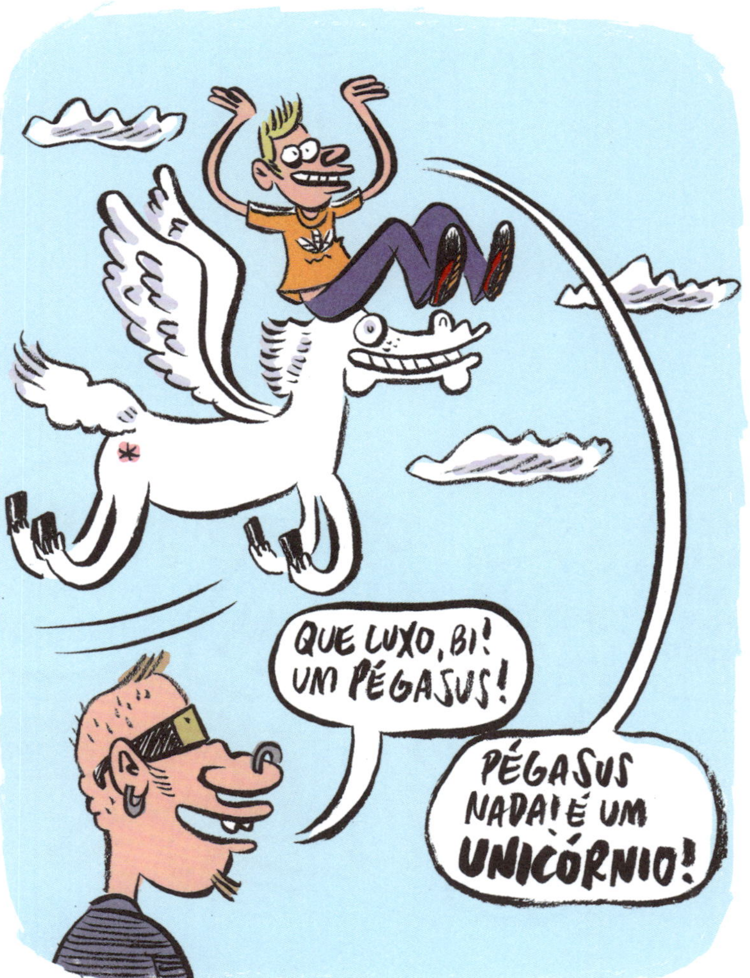
QUE LUXO, BI! UM PÉGASUS!
PÉGASUS NADA! É UM UNICÓRNIO!

PUTZ! BUCETA TÁ NA MODA DE NOVO!
AH, ISSO É TENDÊNCIA PASSAGEIRA!
ESTUDA DESIGN
PROFESSOR DE DESIGN
VOGUE

ENTREI NUM PROGRAMA DE CURA GAY.
JESUS, A RAINHA DO DESERTO
SÉRIO, FOFA?? ME CONTA MAIS!
TÔ A-PAI-XO-NA-DA PELO PASTOR!

QUATRO ABORDAGENS OUSADAS

ONDE QUER QUE ESTEJA SEU IRMÃO AGORA, TENHO CERTEZA DE QUE ELE ADORARIA QUE VOCÊ CONHECESSE MINHA NOVA JACUZZI.

MINHA MULHER FALOU QUE VOCÊ É A MAIOR BARANGA. ACHO QUE ISSO PEDE UMA RESPOSTA À ALTURA.

APOSTO QUE SUA CALCINHA SERVE EM MIM.

CASO DUZENTAS PRATAS NESSE TRASEIRO, BENZINHO.

QUATRO MANEIRAS GENTIS DE PROPOR UM MÉNAGE À TROIS

QUATRO MANEIRAS POUCO TRAUMÁTICAS DE TERMINAR UM RELACIONAMENTO

QUATRO MODOS DE INFORMAR SEU DOCINHO DE CÔCO QUE VOCÊ A TROCOU PELA IRMÃ MAIS NOVA

VEJA BEM... É QUE... ÃH... EU AMO VOCÊ COMO UMA **IRMÃ**... MAS JÁ A SUA IRMÃ EU AMO COMO UMA... **DEU PRA ENTENDER?**

LÓGICO, MEU BEM.

JURO, QUANDO TRANSO DE MANEIRA SELVAGEM COM SUA IRMÃ, SEMPRE PENSO EM VOCÊ. VOCÊ HÁ DEZ ANOS ATRÁS, CLARO.

VEJA PELO LADO POSITIVO: EU LHE TROQUEI PELA SUA IRMÃ MAIS NOVA MAS CONTINUO COM A **MESMA** SOGRA! TALVEZ HAJA JUSTIÇA NESSE MUNDO DE DEUS, AFINAL!

M-MAS... JUSTO COM MINHA IRMÃ, ADOLFO?

MELHOR ASSIM, TUDO EM **FAMÍLIA**. AH, E PARABÉNS: VOCÊ VAI SER **TITIA!**

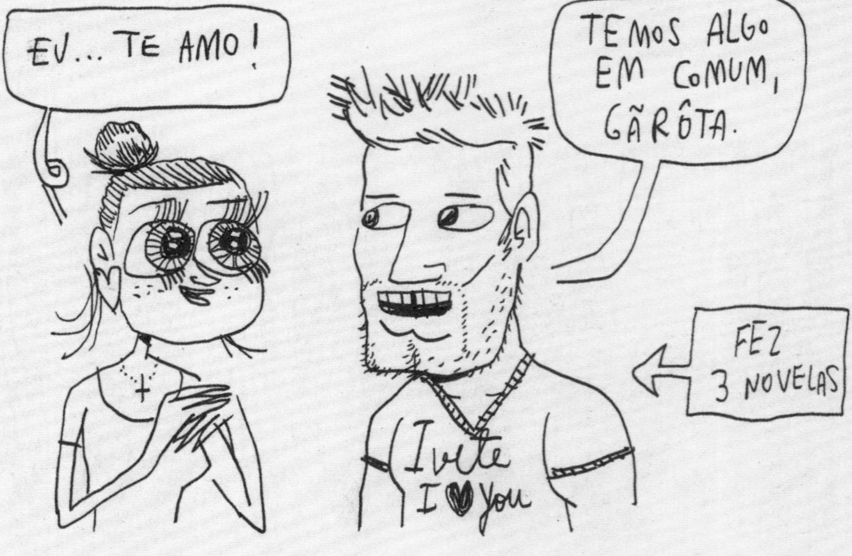
EU... TE AMO!
TEMOS ALGO EM COMUM, GÃRÔTA.
FEZ 3 NOVELAS
Ivete
I ♥ you

UMA CERVEJA?
NÃO.

VOCÊ ESTÁ DIRIGINDO?
NÃO. EU SOU O FAMOSO CHATO QUE SÓ BEBE ÁGUA!

O MINISTÉRIO DA SAÚDE ADVERTE:

FUMANTE TAMBÉM É GENTE

YEAH!!
...AÍ, MALUCO, O CARA COM TRINTA ANOS TÁ COM CÂNCER DE PULMÃO! CIGARRO, MALUCO!
PODE CRER! QUE JEITO ESTÚPIDO DE MORRER!
YO

COMO SE MATAR EM 3 LIÇÕES

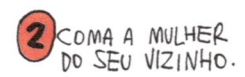

1 COMPRE UMA ARMA.

Ú!

2 COMA A MULHER DO SEU VIZINHO.

MEU MARIDO TÁ CHEGANDO!

RELAXA.

3 DÊ A ARMA PARA ELE.

BEM NA TESTA, CORNÃO.

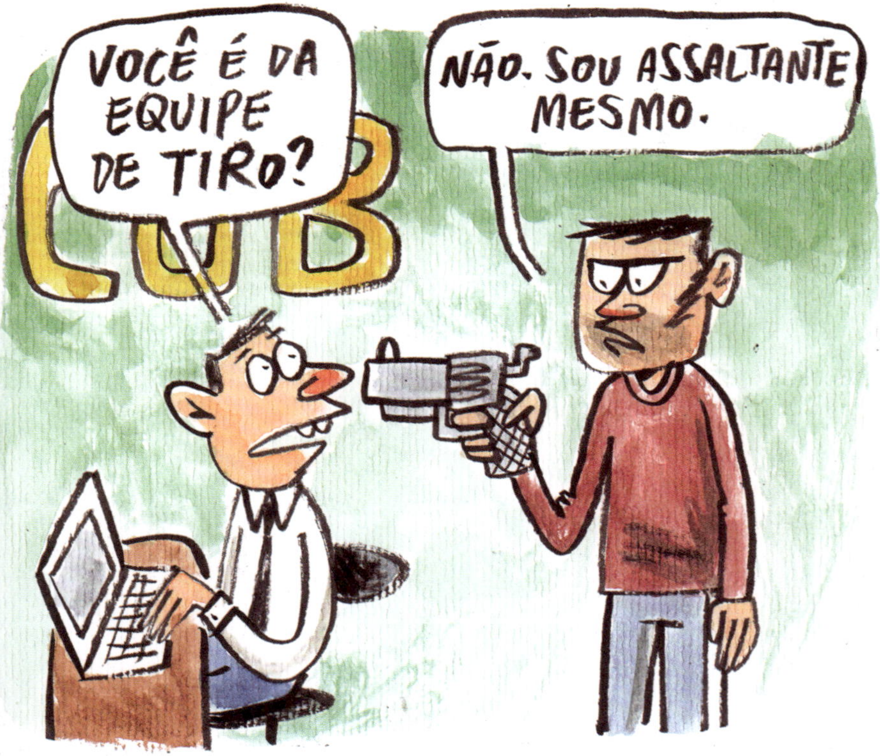
VOCÊ É DA EQUIPE DE TIRO?
NÃO. SOU ASSALTANTE MESMO.

VOLTA ÀS AULAS
E AÍ, FILHÃO, FOI BEM NO TESTE DE DNA?
MAIS OU MENOS.
ALLAN SIEBER + MARCELO MADUREIRA

VIDA NO ALÉM

— ISSO AQUI TÁ MEIO MORTO.

— E ESSA ROUPA PINICA.

PRECONCEITO EM SATURNO

♪ BALANÇA O POPOZÁÃÃO!! ♪

TUM TCHI TUM   TUM TCHI TUM

I ♥ MARTE

PA! PA!

TINHA QUE SER DE MARTE MESMO! Ô GENTINHA!

COMO VOCÊ CLASSIFICARIA O TRABALHO DE PESQUISADOR?
A-DEPRIMENTE.
B-HORROROSO.
C-DESESPERADOR.
D-UM MANANCIAL DE ALEGRIAS INTERMINÁVEIS.
D?

RIO DE JANEIRO, 1956.

"UMA CIDADE SÓ PARA POLÍTICOS, MILITARES E FUNCIONÁRIOS PÚBLICOS, ÃH...? ACHO QUE TENHO UM PROJETO ENCOSTADO QUE SE ENCAIXA NESSE CONCEITO..."

SUPER PUTEIRO LAS VEGAS

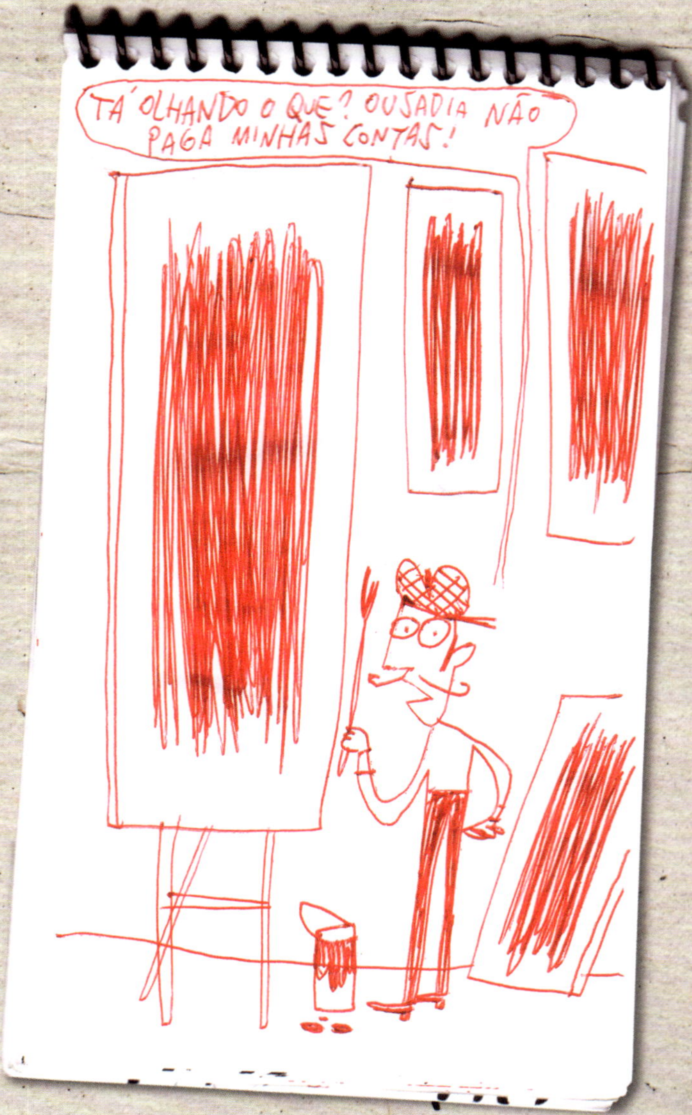
TÁ OLHANDO O QUE? OUSADIA NÃO PAGA MINHAS CONTAS!

XII CONGRESSO ÉTNICO DE TUVALU
OBO MAGU ABA DIDE BAMBU BUMA IE. *
* VENDO UM FUSCA 72 TOTALMENTE ORIGINAL.

TONY NÃO ERA NADA ATÉ TER O SEU MOLESKINE ©
HOJE EM DIA TONY TRABALHA 18 HORAS POR DIA COMO CAIXA DE SUPERMERCADO PARA PAGAR A PORRA DO MOLESKINE ©

HIPPIES PESTILENTOS NÃO DESISTEM
ENFIA ESSAS MIÇANGAS NO CU.
QUANTAS?

RECORDES CARIOCAS

TONY FALOU BEM DELE MESMO POR EXATAS 8 HORAS, 43 MINUTOS E 19 SEGUNDOS.*

EU EU
EU EU EU
EU EU
EU

TOSKLEN

*PAROU PARA COMER AÇAÍ

CLÁSSICOS DO VERÃO
"ACIDENTE NA PISCINA"

1º PASSO

ESCONDA UM TUBO DE CATCHUP DENTRO DA SUA BERMUDA.*

*NÃO, NÃO, NÃO VAI DIZER QUE A BONECA USA SUNGA?!

2º PASSO

DÊ UM VIOLENTO TCHI-BUM NA PISCINA

TCHI-BUM

3º PASSO
FIQUE NO FUNDO DA PISCINA E ABRA O CATCHUP
CARALHA!!
BOM DEUS!! BATEU COM A CABEÇA!!

Grandes esperanças

Pequeno guia para entender as mensagens do Vaticano

HABEMUS PUM

HABEMUS PAPAM

HABEMUS TRAVECUS

HABEMUS QUITINETE EM COPACABANA R$ 1000000,00 'A VISTA

SAÚDE MENTAL PARA TODOS

"NEM PRECISA SENTAR: O PROBLEMA É QUE VOCÊ QUER COMER SUA MÃE E MATAR SEU PAI. PRÓXIMO!"

EU CONTRA EU – PARTE 232570B1

"MAS PORQUE VOCÊ QUER TROCAR DE ANALISTA?"

"PRECISO DE UMA SEGUNDA OPINIÃO."

1ª EDIÇÃO	OUTUBRO 2013
IMPRESSÃO	PRINTCROM
PAPEL MIOLO	OFFSET 90G/M²
PAPEL CAPA	CARTÃO SUPREMO 300G/M²